DIE DREI ???

KOSMOS

JUSTUS, JETZT STELL DICH NICHT SO AN! LOS! AUF DREI!
Gebrauchtwarencenter T. Jonas, ROCKY BEACH
WEISST DU, WIE SCHWER DIESES DING IST, BOB?
T. JONAS ROCKY BEACH
ZUFÄLLIG JA! ICH HALTE JA SCHLIESSLICH DEN SCHWEREN TEIL ... ALSO: EINS ... ZWEI ...
ICH WÜSSTE ZU GERN, WAS ONKEL TITUS DA SCHON WIEDER ERSTANDEN HAT.
WIR WERDEN ES JA GLEICH ERFAHREN... WENN WIR ERSTMAL DIESES SCHWERE DING UNTEN HABEN! ALSO AUF DREI ...
HALLO, KOLLEGEN! SCHAUT DOCH MAL, TANTE MATHILDA HAT UNS EINE ERFRISCHUNG GEMACHT!
OKAY, GUT. AUF DREI ...
EINS!

DEN BESTEN EISTEE DER WELT!
EISTEE?
JA, UND ZWAR FÜR UNS ALLE ...
... DREI!
T. JONAS
WAAA ...?!
JUSTUS, BIST DU VERRÜCKT GEWORDEN? DU HÄTTEST MICH TREFFEN KÖNNEN!
ICH HABE NUR DREI GEHÖRT!?

NA, SO SANFT HÄTTE ICH DIE AUCH RUNTERGEKRIEGT.
TOLL, IHR HABT DIE KISTE SCHON RAUSGEHOLT. AUF EUCH IST WIRKLICH IMMER VERLASS, JUNGS!
DAS HABEN WIR DOCH GERNE GEMACHT, MR JONAS.
DANKE, PETER.
ICH WOLLTE EUCH NÄMLICH GRADE FRAGEN, OB IHR DIE CHINESISCHEN VASEN NICHT EINZELN RAUSNEHMEN WOLLT.
DIE CHINESISCHEN VASEN?
JA, DIE WELTBERÜHMTE "WARWICK"-VASE AUS DEM FRÜHEN 2. JAHRHUNDERT, DIE 1771 IN ITALIEN GEFUNDEN WURDE.
EINE ANTIKE VASE!?
OHHHH-KAY... UND WIE VIEL HAST DU DAFÜR BEZAHLT, ONKEL TITUS?
25 DOLLAR! FÜR ALLE 50 STÜCK! ES SIND JA NATÜRLICH NUR KOPIEN. UND ZWAR "MADE IN CHINA".
DAS NENNEN SIE ALSO "CHINESISCHE VASEN"?

HA HA HA HA HO HA
NA, SO STELLT IHR EUCH ALSO ARBEITEN VOR? RUMSTEHEN UND LACHEN?
HA HA HA HA MMAHA HA
ABER TANTE MATHILDA, WIR HABEN DOCH NUR ...
PAPPERLAPAPP!
UND FALLS ES EUCH INTERESSIERT ...
... IN EURER ZENTRALE KLINGELT JETZT SCHON ZUM DRITTEN MAL DAS TELEFON. SCHEINT WICHTIG ZU SEIN.
DANKE, MRS JONAS.
LOS, KOLLEGEN. SCHNELL IN DIE ZENTRALE!
NICHT SO EILIG. ZUERST TRAGT IHR ZWEI NOCH DIE KISTE IN DEN SCHUPPEN!
WIR? UND WAS IST MIT PETER?
DER KANN DOCH FÜR EUCH IN DIE ZENTRALE GEHEN.
BIS GLEICH, KOLLEGEN!
DANKE, MRS JONAS. EINE GUTE IDEE. ICH GEHE AM BESTEN SOFORT ANS TELEFON.

ROCKY BEACH
PIZZA

VIRTIGO
RING
RIIIIING
HALLO! HIER PETER SHAW VON DEN DREI...
HIIILFE!!!
HALLO?
KOMMT SCHNELL! ICH BRAUCHE DRINGEND EURE HILFE!

WIR HABEN DAS TELEFON GEHÖRT!
WER IST DRAN?
HALLO? WER IST DENN DA?
ICH BIN IN GROSSER GEFAHR! ICH ERKLÄRE EUCH ALLES... SPÄTER.
IN GROSSER GEFAHR?
BEI MIR ZU HAUSE. KOMMT SCHNELL!
DIE ADRESSE, PETER!
WO SOLL –
REXFORD DRIVE, BEVERLY HILLS, LOS ANGELES. DIE GROSSE VILLA AM ENDE DER STRASSE. HAUSNUMMER 2510 –
AUFGELEGT!?
WAS WAR DENN DAS, KOLLEGEN?
VIELLEICHT WAR'S EIN TELEFON-STREICH.
KLINGT NICHT SEHR VERTRAUEN-ERWECKEND, WENN IHR MICH FRAGT.

ODER NACH EINEM NEUEN FALL!
Frozen King

EIN NEUER FALL? ABER ICH WOLLTE HEUTE EIGENTLICH MIT KELLY ...
DIESER MANN SCHEINT WIRKLICH IN GEFAHR ZU SEIN.
ICH WEISS NICHT. IRGENDWIE KOMMT MIR DAS ALLES SEHR SELTSAM VOR.
KOLLEGEN! HOLLYWOOD RUFT! LASST UNS EINEN KLEINEN AUSFLUG MACHEN.
EINEN KLEINEN AUSFLUG? VIELLEICHT IN DIE HÄNDE EINES SERIENKILLERS?
PSYCH
WIR KÖNNEN DOCH VOR ORT IMMER NOCH ENTSCHEIDEN, OB WIR DEN FALL ÜBERNEHMEN ODER NICHT.
ICH FINDE DAS ALLES AUSSERGE-WÖHNLICH INTERESSANT.
JUSTUS HAT MAL WIEDER BLUT GELECKT.
BLUT GELECKT?
SOLANGE DAS NICHT AUCH DIESER MYSTERIÖSE ANRUFER MACHT!

EINE HALBE STUNDE SPÄTER ...
HOLLY-WOOD, WIR KOMMEN!
DIE DREI ???
BOWL
PIZZA
IRGENDWIE WERDE ICH DAS GEFÜHL NICHT LOS, DASS SICH UNSER ERSTER DETEKTIV GANZ BESONDERS AUF LOS ANGELES FREUT ...
KOSMOS

VIELLEICHT HOFFT JUSTUS JA AUF EINE WEITERE FILMKARRIERE IN HOLLYWOOD ...
ERZÄHLT VON
IVAR LEON MENGER
JOHN BECKMANN
ILLUSTRATION
CHRISTOPHER TAUBER
LETTERING
ASJA WIEGAND
HAHA, SEHR WITZIG, KOLLEGEN. ERINNERT MICH BITTE NICHT DARAN.
UND DER DREIÄUGIGE TOTENKOPF
... UND VIELLEICHT BEKOMMT ER JA DIE HAUPT-ROLLE IN
"FREE WILLY, TEIL 4".
LEAVING
ROCK
BEAC
COME
BACK SOO

LUNNEY'S
CEREALS
Los Angeles
Santa Monica
CALIFORNIA
1
SCHAUT DOCH MAL, DIE SCHÖNEN MÖWEN...
JETZT HÖR SCHON AUF MIT DEINEN BLÖDEN MÖWEN!
KOLLEGEN, ICH UNTERBRECHE EUCH JA NUR UNGERN, ABER WIR SIND DA!
HOLLYWOOD

WAHNSINN, HIER IN BEVERLY HILLS WÜRDE ICH AUCH WOHNEN.
REXFORD DRIVE, DAS MUSS DAS HAUS SEIN.
KEIN NAMENSSCHILD, NUR DIE HAUSNUMMER.
REICHE UND BERÜHMTE MENSCHEN WOLLEN NICHT, DASS JEDER WEISS, WO SIE WOHNEN.
DANN SCHAUEN WIR MAL, WER UNS HINTER DIESEM TOR ERWARTET ...
2510
JA? HALLO?
GUTEN TAG, SIR. WIR SIND DIE DREI DETEKTIVE, DIE SIE HEUTE MORGEN UM HILFE GEBETEN HABEN.
KORREKT. KOMMT SCHNELL.

DIE BERÜHMTEN DREI ??? AUS ROCKY BEACH! DANKE, DASS IHR GEKOMMEN SEID.
SELBSTVERSTÄNDLICH, SIR. DAS IST UNSER MOTTO: WIR ÜBERNEHMEN JEDEN FALL! DÜRFTE ICH IHNEN UNSERE KARTE GEBEN?
Die drei Detektive
???
Wir übernehmen jeden Fall
Erster Detektiv
Justus Jonas
Peter Shaw
Bob Andrews
ICH BIN JUSTUS JONAS.
BOB ANDREWS.
PETER SHAW.

SEHR ERFREUT, DIE HERREN DETEKTIVE. UND ICH BIN JAMES KUSHING.
JA NATÜRLICH, JAMES KUSHING. SIE KAMEN MIR GLEICH BEKANNT VOR!
KORREKT, BOB. DER BIN ICH. TRETET EIN!
BAD DAY
BLOOD MOTHER
BITTE ENTSCHULDIGT, DASS ICH EUCH AM TELEFON KEINE DETAILS ERZÄHLT HABE.
WARUM EIGENTLICH NICHT, SIR?
JAMES KUSHING'S MOON CHILD
DAS WERDE ICH EUCH GLEICH ALLES IN RUHE ERZÄHLEN.

BOB, DU KENNST DIESEN MANN?
NA KLAR! JAMES KUSHING IST DOCH DER BERÜHMT-BERÜCHTIGTE HORROR-REGISSEUR!
WO BLEIBT IHR DENN?
KILL
"DER FLUCH DES DREIÄUGIGEN TOTENKOPFS"! WAHNSINN!
DAS WAR EINER IHRER BESTEN FILME, SIR!
DANKE, MEIN JUNGE. WUSSTEST DU AUCH, DASS WIR DAMALS EINEN ZWEITEN TEIL GEDREHT HABEN?
ES GIBT EINEN ZWEITEN TEIL!?
DREIÄ

LEIDER NEIN. KURZ VOR FERTIGSTELLUNG DES FILMS...
... GAB ES EINEN KLEINEN, TRAGISCHEN ... ZWISCHENFALL.
MASKE!
ROGER!
NOCH MEHR PUDER! MELANIE GLÄNZT JA WIE EIN PORZELLANSCHWEIN!
DANKE, ROGER. IST UNSER STARREGISSEUR HEUTE WIEDER SCHLECHT GELAUNT?
ER SOLLTE WOHL BESSER EIN BISSCHEN FRÜHER INS BETT GEHEN, ALS SICH DIE GANZE NACHT MIT WHISKEY ZU VERGNÜGEN!
WAS ICH VORM EINSCHLAFEN MACHE GEHT DICH GAR NICHTS AN!
ZÄHL DOCH SCHAFE!
SIE MEINEN, DAS KOMMT VOM ALKOHOL?
ICH MEINE, ER SOLLTE SICH MEHR AUF SEINE LIEBE ZUM FILM KONZENTRIEREN ALS AUF ...
ES IST DIE SCHLUSSSZENE, MS SHEPARD, DESHALB IST ER WAHRSCHEINLICH EIN BISSCHEN GEREIZT.
BIST DU BALD FERTIG, ROGER?
JAWOHL, MR KUSHING!

UUUUND ACTION!
AAAAH!
DER SMARAGD!
DAMALS... VOR UNGEFÄHR 10 JAHREN, WIR WOLLTEN GERADE DIE LETZTE SZENE ABDREHEN, ALS PLÖTZLICH...
UUUUND CUT!
DANKE, KOLLEGEN! DAS WAR'S! WIR HABEN ES GESCHAFFT!
KUSHIN
E 58
TAKE 12
ROLL 76
3
MR KUSHING, VIELEN DANK. WIR BRINGEN DEN SMARAGD NUN WIEDER IN DEN TRESOR ZURÜCK.
WIR HABEN ZU DANKEN, SIR. FÜR IHRE WACHSAMEN AUGEN UND DIE GEDULD MIT UNS FILMLEUTEN.

... ALS PLÖTZLICH DAS SCHRECKLICHE GESCHAH. NEIN, MOMENT. WO BIN ICH NUR MIT MEINEN GEDANKEN. ES IST ALLES SCHON SO LANGE HER ...
DAS PASSIERTE NATÜRLICH NICHT DIREKT IM ANSCHLUSS AN DIE DREH-ARBEITEN, SONDERN ETWAS SPÄTER, NOCH AM GLEICHEN ABEND.
SIND SIE MR JASON FROST? DER SCHAUSPIELER?
JA, DER BIN ICH. UM WAS GEHT ES?
WIR MÜSSEN SIE BITTEN, MIT AUFS REVIER ZU KOMMEN.
ICH SOLL WAS GETAN HABEN? SIE SIND DOCH NICHT MEHR GANZ BEI TROST!
ES TUT MIR LEID, SIR, BESONDERS WEIL ICH IHRE KÜNSTLERISCHE ARBEIT SEHR SCHÄTZE, ABER ICH MUSS SIE BITTEN, MIT UNS ZU KOMMEN.
WIESO? WAS IST PASSIERT?
ICH SOLL WAS? DAS IST EIN WITZ, ODER?
NEIN, MR KUSHING. SIE WERDEN VERDÄCHTIGT, DEN BERÜHMTEN SMARAGD GEGEN EINEN WERTLOSEN STEIN AUSGETAUSCHT ZU HABEN.
WIE SOLL ICH DAS DENN BITTE GEMACHT HABEN? ICH BIN DER REGISSEUR DES FILMS! ICH WILL SOFORT MIT MEINEM ANWALT REDEN!

The Hollywood Reporter

Gestohlener Smaragd immer noch verschollen!

Los Angeles. Hauptverdächtige James Kushing, Melanie Shephard, Roger Kind und Jason Frost wieder auf freiem Fuss. Historie des gestohlenen Smaragds mindestens genauso spektulär wie der Diebstahl selbst. Ursprünglich stammte der Smaragd aus Kolumbien, geriet aber 1854 über Umwege in die Hände des russischen Zaren Nicholas I., der dem Smaragd seinen Namen "Das Auge von Muzo" gab. Seit 1912 war der Smaragd im Besitz der englischen Krone als Teil der „Queens State Crown" im Tower of London zu bewundern, aus dem der Stein 1944 jedoch auf mysteriöse Weise gestohlen wurde. 1973 tauchte der wertvolle Stein bei einer Kunstrazzia in Oslo auf. Auf einer Auktion im Jahre 1984 erzielte der Smaragd einen Sensations-Preis von 890.000 Pfund. Der jetzige Besitzer Scheich Abdullah hatte den Stein für Filmaufnahmen zu "Der Fluch des dreiäugigen Totenkopfs" an das Filmstudio verliehen, da der Scheich ein großer Bewunderer Kushings war, der nur mit Original-Requisiten zu arbeiten pflegte. Die Ermittlungen dauern an.

Nach Vernehmung wieder auf freiem Fuß (vlnr.): Regisseur James Kushing, Schauspieler Melanie Shepard und Jason Frost, sowie Maskenbildner Roger Kind.

Bestellen Sie jetzt Ihren

Frozen King A+

Zeitlos, geräumig und leicht anzuschließen!

Lieferung frei Haus!
Ihr Porterville-Team

FBI steht vor Rätsel

Oregon. Angst macht sich breit in der kleinen Küstenstadt Harmony Bay. Offenbar haben Anwohner des sonst so friedlichen Ortes ein seltsames Wesen gesichtet, das sich unter dem Bett versteckt. Derartige Vorkommnisse sind in Harmony Bay nicht neu. Ähnliche Sichtungen gab es bereits im Jahr 1983. Das FBI hat die Ermittlungen aufgenommen.

SHEPARD? MELANIE SHEPARD? DER NAME SAGT MIR IRGENDWAS.
UND DER SMARAGD IST NACH ALL DEN JAHREN IMMER NOCH NICHT AUFGETAUCHT?
KORREKT, MEIN JUNGE. UND BIS HEUTE IST MEINE UNSCHULD IMMER NOCH NICHT BEWIESEN.
DAS IST ECHT EIN DING. WAS FÜR EINE GESCHICHTE!
IHR KÖNNT EUCH JETZT WOHL VOR-STELLEN, WARUM ICH MICH DANACH SOFORT AUS DEM FILMGESCHÄFT ZURÜCKGEZOGEN HABE. NUR WENIGE MENSCHEN WISSEN ÜBERHAUPT, DASS ICH NOCH LEBE.
TUT UNS WIRKLICH LEID, SIR.
VIELEN DANK FÜR IHRE SCHILDERUNGEN. ZWEI FRAGEN HÄTTE ICH ALLERDINGS NOCH.
NUR ZU, JUSTUS.
WARUM BENÖTIGEN SIE ERST JETZT, SO VIELE JAHRE SPÄTER, UNSERE HILFE? UND: WARUM HABEN SIE AM TELEFON GESAGT, SIE SEIEN IN GROSSER GEFAHR?

MR KUSHING? ALLES IN ORDNUNG?
GESTERN BIN ICH WIE JEDEN ABEND FRÜH ZU BETT GEGANGEN. ICH HABE NOCH GELESEN UND DABEI MUSS ICH EINGESCHLAFEN SEIN.
DAS PASSIERT MIR AUCH IMMER.

HEUTE MORGEN BIN ICH MIT AUSSERGEWÖHNLICH STARKEN KOPFSCHMERZEN AUFGEWACHT.
ICH KONNTE MICH KAUM BEWEGEN... UND DANN HABE ICH ES ENTDECKT.
WAS ENTDECKT?
DIESES DING! AUF MEINEM ARM!

EIN TATTOO!?
DER TOTENSCHÄDEL …
… MIT DEN DREI AUGEN!
KORREKT. EINE TÄTOWIE-RUNG! AUF MEINEM ARM! SEIT HEUTE MORGEN!
IST SIE ECHT?
DIE SIEHT SEHR ECHT AUS!

VERSTEHT IHR JETZT, WARUM ICH SOLCHE ANGST HABE? WIE KOMMT DIESE TÄTOWIERUNG AUF MEINEN ARM?
WER TUT SOWAS?

DAS IST WIRKLICH EINE SEHR MYSTERIÖSE GESCHICHTE, KOLLEGEN.
DINTER'S DINER
BOWLING
24/7
GAS
NO VACANCY
35
STELLT EUCH DOCH MAL VOR, IHR WACHT MORGENS AUF UND PLÖTZLICH HABT IHR EIN ECHTES TATTOO AUF DEM ARM!
ICH WEISS GAR NICHT, WOVOR ICH MEHR ANGST HÄTTE: VOR DEN SCHMERZEN ODER VOR DER REAKTION MEINER MUTTER.
'SCHMERZ' IST EIN GUTES STICHWORT, PETER. ES IST WIRKLICH RÄTSELHAFT, WIESO MR KUSHING NICHTS DAVON MITBEKOMMEN HAT.

VIELLEICHT HAT ER EINEN BESONDERS TIEFEN SCHLAF?
ODER ER WURDE IM SCHLAF BETÄUBT.
DAS WÜRDE ZUMINDEST DIE STARKEN KOPFSCHMERZEN ERKLÄREN.
SO, JUNGS, HIER KOMMT EURE ZWEITE RUNDE "HOLLYWOOD DREAMS", ALKOHOLFREI.
DANKE.
BOB, SCHAU DOCH MAL NACH, WAS DU NOCH ÜBER DEN FILM UND VOR ALLEM SEINE CREW IN ERFAHRUNG BRINGEN KANNST.
AH, INTERESSANT. HÖRT MAL ZU, KOLLEGEN: HIER STEHT, DASS LVS, ALSO DAS "LOST VICTORY STUDIO", ANGEKÜNDIGT HAT, DEN "FLUCH DES DREIÄUGIGEN TOTENKOPFS 2" NOCH DIESES JAHR INS KINO ...
... ZU BRINGEN. SIE MÜSSEN NUR EIN PAAR SZENEN NEU DREHEN.
NEU DREHEN?
JA, ABER MIT DEN ORIGINAL-REQUISITEN. KLASSE, ODER?
WENN DIE DEN FILM RAUSBRINGEN, KÖNNTE DAS WIRKLICH EIN BLOCKBUSTER WERDEN.
KOLLEGEN, FINDET IHR DAS NICHT AUCH ETWAS SELTSAM, DASS MR KUSHING AUSGERECHNET JETZT MIT DIESEM TATTOO AUF DEM ARM AUFWACHT?

STIMMT, JUST. DA MUSS ES EINEN ZUSAMMENHANG GEBEN.
AHA!
MELANIE SHEPARD, DIE DAMALIGE HAUPT-DARSTELLERIN UND HAUPTVERDÄCHTIGE, DREHT SEIT LANGER ZEIT WIEDER EINEN FILM. EINEN SCIENCE-FICTION-STREIFEN.
INTERNET FILM BASE
DA SPIELT ABER NIEMAND BEKANNTES MIT.
SEHR GUT, BOB! DANN WERDEN WIR MS SHEPARD MORGEN EINEN KLEINEN BESUCH ABSTATTEN.
UND WIE WILLST DU AUF DAS STUDIOGELÄNDE KOMMEN? DIE SIND DOCH IMMER EXTREM ABGESICHERT.
DAS WOLLEN WIR DOCH MAL SEHEN ...
HOTEL
LIQU

HOT
LIQUEUR
BARCADE
EXOTIC
24/7
HÖRT IHR DAS ?
WAS DENN?
ICH HÖR NICHTS!
MEIN BETT RUFT! AUF NACH HAUSE, AUF NACH ROCKY BEACH!
SCHAUT MAL, KOLLEGEN. DA DRÜBEN!
MONSTER
EIN ALTES FILMMUSEUM! DAS KÖNNEN WIR UNS NICHT ENTGEHEN LASSEN!
UND ES PASST DOCH AUCH PERFEKT ZUM FALL!

IHR WOLLT DOCH JETZT NICHT IN DIESE GEISTERBAHN REINGEHEN, ODER?
MUSEUM OF MOVIE MONSTERS
SCREAM IN HORROR
BESTIMMT GIBT ES HIER EINIGES ÜBER DAS WERK UNSERES HORROR-REGISSEURS ZU ERFAHREN ...
GÄHN –
KÖNNEN WIR DAS NICHT MORGEN FRÜH MACHEN?
ENTSCHULDIGEN SIE, MA'AM.
HABEN SIE NOCH GEÖFFNET?
YEP!
LADIES OF CHAOS
ZEIGEN SIE IN DIESEM MUSEUM AUCH DIE ALTEN HORROR-KLASSIKER?
YEP!
AUCH DIE ALTEN FILME VON JAMES KUSHING?
SEHE ICH SO AUS, ALS WÜRDE MICH DAS INTERESSIEREN?
LADIES OF CHAOS
NEIN, MA'AM. KOMMT KOLLEGEN, DANN LASST UNS WIEDER FAHREN.
MACHT 5 DOLLAR PRO NASE. UND IHR MÜSST VORHER ZAHLEN ...
THE THING
... DENN VIELLEICHT KOMMT IHR DA NICHT MEHR LEBENDIG RAUS.
MAP
JA, WEIL WIR VOR LANGEWEILE GESTORBEN SIND ...

BIGFOOT 3
BIGFOOT 4
BIGFOOT 5
FIRST DRAFT HALLOWEEN
DAS IST JA EIN PARADIES FÜR CINEASTEN!
ICH BIN OFFENSICHTLICH KEIN CINEAST.
DANGER
BIS JETZT HABE ICH NOCH KEINE EXPONATE VON JAMES KUSHING ENTDECKT.
BLOOD ROOM
VIELLEICHT HABEN WIR IM "BLOOD ROOM" MEHR GLÜCK.

KÖNNEN WIR JETZT BITTE WEITERGEHEN?
ICH MACH NOCH SCHNELL EIN FOTO FÜR MEINE GRUSEL-SAMMLUNG!
KOMMT, KOLLEGEN, WIR HABEN NOCH DREI WEITERE "SHOCKER ROOMS" VOR UNS. UND DAS MUSEUM SCHLIESST GLEICH...

WIEDER ZURÜCK IN ROCKY BEACH.
WIE OFT SOLL ICH NOCH SAGEN, DASS ES MIR LEIDTUT?
DASS DU AUCH IMMER DEINE HAUSSCHLÜSSEL IN UNSERER ZENTRALE VERGESSEN MUSST!
STREITET EUCH NICHT. WIR HOLEN PETERS SCHLÜSSEL UND DANN MACHEN WIR SCHLUSS FÜR HEUTE.
AAAHH! WAS IST ...?
DER SMARAGD GEHÖRT MIR!
ES ... SPRICHT!
MIR ALLEIN!
ES ... LEBT!

IHR WERDET STERBEN. WENN IHR WEITER MEINEN SMARAGD SUCHT!!
IHR WER
DET STER
DAS IST NUR EINE PUPPE!
ROCKY BEACH
WENN IHR WEITER ME
Frozen King

WIRKLICH SELTSAM. WARUM IST DIESES MONSTER IN UNSERER ZENTRALE?
IST DOCH KLAR, DAS IST EINE WARNUNG!
WIR SOLLEN NICHT NACH DEM SMARAGD SUCHEN!
ALSO, MIR WIRD DAS LANGSAM EINE SPUR ZU UNHEIMLICH. DIESES DING HAT UNS MIT DEM TOD GEDROHT!
PETER HAT RECHT.
ABER IRGENDWAS STIMMT NICHT. BIS JETZT WEISS DOCH NUR MR KUSHING, DASS WIR DEN SMARAGD SUCHEN, ODER?
WIE MEINST DU DAS, JUST?
JAMES KUSHING WIRD UNS KAUM ABSCHRECKEN WOLLEN, SCHLIESSLICH IST ER UNSER AUFTRAGGEBER. WIR MÜSSEN ES ALSO MIT EINEM UNBEKANNTEN GEGENSPIELER ZU TUN HABEN.
VIELLEICHT DIESE MELANIE SHEPARD?
DAS KÖNNEN WIR JA DANN GLEICH MORGEN FRÜH HERAUSFINDEN.
PSYCHO
VERTIGO
JETZT GEHEN WIR ERST MAL SCHLAFEN.

HOLLYWOOD, AM NÄCHSTEN MORGEN.
COOPER
CB
BRS

SIEHT NICHT DANACH AUS, ALS WÜRDEN DIE HIER BLOCKBUSTER PRODUZIEREN.
WIR GEBEN UNS EINFACH ALS REDAKTEURE EINER SCHÜLERZEITUNG AUS, DIE EIN INTERVIEW MIT DER WELTBERÜHMTEN MELANIE SHEPARD FÜHREN WOLLEN. DAS WIRD IHR SCHMEICHELN.
COMING SOON
BIGFOOT
PART X
X IS FOR XL

ENTSCHULDIGEN SIE, SIR.
WIR HABEN GLEICH EINEN INTERVIEW-TERMIN MIT MELANIE SHEPARD. WO KÖNNEN WIR SIE FINDEN?
DAS HIER SIND DIE COOPERS STUDIOS...
... HIER WIRD GRADE MAL EIN FILM ZURZEIT PRODUZIERT. IN HALLE 4!
ALSO IST MS SHEPARD IN HALLE 4?
HAB ICH DOCH GESAGT.
UND JETZT VERSCHWINDET, ICH HAB NOCH ZU TUN.
VIELEN DANK, SIR.
AH!

DA SEID IHR JA ENDLICH! WO BLEIBT IHR DENN?
WIE BITTE?
ICH BIN LAURA, DIE REGIE-ASSISTENTIN.
IHR SEID IN 15 MINUTEN DRAN!
WOMIT?
SET 16
DIE DREI "CRANKIES"? SCHON VERGESSEN?
WAS? DIE "CRANKIES"?
WIE GESAGT, ES TUT MIR AUCH LEID, DASS WIR EUCH NICHT SO VIEL BEZAHLEN KÖNNEN, ABER UNSER BUDGET …
SELBSTVERSTÄNDLICH, LAURA!
WIR SIND DIESE "CRANKIES"!
WO IST DENN BITTE UNSERE GARDEROBE?
AH JA, NATÜRLICH. DIREKT NEBEN DER VON MS SHEPARD IST NOCH EIN RAUM FREI, NUMMER 3.
UND BEEILT EUCH!
KLOPF KLOPF
JA? HEREIN!
WAS WOLLT IHR JUNGS DENN HIER? ICH GLAUBE NICHT, DASS DAS HIER EURE GARDEROBE IST!
MS SHEPARD, WIR …
WAS IST DENN NOCH?
MOMENT MAL …
JUSTUS?
JUSTUS JONAS?

JA?! WOHER ...?
DU HAST DICH JA KEIN STÜCK VERÄNDERT, MEIN KLEINER!
SIE KENNEN JUSTUS?
ABER NATÜRLICH! WIE KÖNNTE ICH DIESEN SÜSSEN JUNGEN VERGESSEN?
TATSACHE! JETZT ERINNERE ICH MICH WIEDER. DESHALB IST MIR AUCH GESTERN...
... IHR NAME SO BEKANNT VORGE-KOMMEN. ... MELANIE, SCHÖN SIE ZU SEHEN.
JUSTUS HAT VOR SEHR VIELEN JAHREN IN "DIE KLEINEN STROLCHE" MITGESPIELT, DAS IN DER GLEICHEN STUDIO-HALLE PRODUZIERT WURDE WIE MEINE FERNSEHSERIE DAMALS.
DU WARST DIESER ALTKLUGE BABY FATSO, RICHTIG?
DAS WAR NUR MEINE ROLLE, MELANIE.
GROSS BIST DU GEWORDEN, JUSTUS! ALSO, ICH HABE NICHT VIEL ZEIT.
ICH MUSS GLEICH ANS SET! WAS KANN ICH FÜR EUCH TUN?
MELANIE, WIR HABEN EINE FRAGE ZU IHRER ARBEIT MIT JAMES KUSHING.
WAS? WIESO JAMES? ALSO MR KUSHING, WIE MEINE ARBEIT MIT IHM
... WARUM WOLLT IHR DAS WISSEN? DIESER MANN HAT MEIN ...
JAMES KUSHING HAT MEINE KARRIERE ZERSTÖRT.
... UND NOCH VIEL MEHR!
DAS WISSEN WIR. DER GESTOHLENE SMARAGD. JAMES KUSHING IST UNSER AUFTRAGGEBER IN EINEM NEUEN FALL...

AUFTRAGGEBER? NEUER FALL?
ACH SO, JA. DARF ICH IHNEN UNSERE KARTE GEBEN, MELANIE?
DU BIST DETEKTIV GEWORDEN, JUSTUS?
MR KUSHING IST GESTERN MORGEN AUFGEWACHT UND HATTE PLÖTZLICH EINE TÄTOWIERUNG AUF DEM ARM.
DEN DREIÄUGIGEN TOTENKOPF!
DER TOTENKOPF!
JAMES HAT ALSO AUCH EINE WARNUNG ERHALTEN …
AUCH EINE WARNUNG?
GESTERN ABEND – NACH EINEM LANGEN DREHTAG – BIN ICH ERSCHÖPFT IN MEINE GARDEROBE GEGANGEN, UM MICH ABZUSCHMINKEN.
ALS PLÖTZLICH …
AUSSER MIR HAT NIEMAND ZUTRITT ZU MEINER GARDEROBE, WENN ICH NICHT DA BIN.
WIE ZUM TEUFEL KOMMT DANN DIESER TOTENKOPF AUF MEINEN SPIEGEL?

ECHT UNHEIMLICH!
DAS WIRKT TATSÄCHLICH WIE EINE DROHUNG.
DA GLAUBT WOHL JEMAND, DASS ICH DEN SMARAGD DAMALS AUSGETAUSCHT HABEN SOLL!
UND JETZT WILL ER DEN STEIN VON MIR HABEN UND DROHT MIR DESHALB MIT DEM TOD! VERFLUCHT, ICH HABE IHN ABER NICHT!
HABEN SIE VIELLEICHT EINE AHNUNG, WER DAMALS DEN SMARAGD AUSGETAUSCHT HABEN KÖNNTE, MELANIE?
NEIN, ICH HABE KEINE AHNUNG.
WOBEI ... EIGENTLICH DOCH – WIE WÄRE ES MIT UNSEREM MASKENBILDNER ROGER KIND? NATÜRLICH! DER HATTE DOCH NIE GELD! DAS IST EIN MOTIV, ODER?
JA, ROGER WAR DER EINZIGE VON UNS VIEREN, DER GRUND DAZU HATTE, DEN SMARAGD ZU STEHLEN: GELDPROBLEME. ABER WIE ER DEN DIEBSTAHL ANGESTELLT HABEN KÖNNTE ...
DER
MELANIE, WISSEN SIE VIELLEICHT, WO WIR ROGER KIND FINDEN KÖNNEN?
WO ROGER JETZT WOHNT, WEISS ICH NICHT.
ABER ICH KANN EUCH DIE ADRESSE VON JASON FROST GEBEN ...
... DIESEM EISKLOTZ.
JASON F.
SO, ICH MUSS JETZT WIRKLICH LOS, KINDER! FALLS IHR NOCH AUTOGRAMME VON MIR WOLLT – DIE BEKOMMT IHR VON LAURA, DER REGIE-ASSISTENTIN.
YOUTH
FACE LIFT

HALT, WARTET!
WIR BEZAHLEN EUCH AUCH MEHR GELD! IHR SEID DOCH DIE DREI "CRANKIES"!
SCHNELLER, KOLLEGEN!
WIESO HAST DU MELANIE SHEPARD EIGENTLICH NICHTS VON DER MONSTER-PUPPE IN UNSERER ZENTRALE ERZÄHLT?
WIR WERDEN DOCH EINER VERDÄCHTIGEN NICHT UNSERE GEHEIMSTEN INFORMATIONEN PREISGEBEN!?
WAS MACHT IHR DENN HIER?

INSPEKTOR COTTA!
SCHÖN, SIE ZU SEHEN!
NA, MACHT IHR EINEN KLEINEN ABSTECHER NACH HOLLYWOOD? IHR GENIESST EURE SOMMERFERIEN, WAS?
JA, SO IN DER ART.
WENN WIR EHRLICH SIND, INSPEKTOR, VERFOLGEN WIR GRADE EINE NEUE SPUR.
AHA?
HABEN SIE SCHON MAL VON DEM FILM "DER FLUCH DES DREIÄUGIGEN TOTENKOPFS" GEHÖRT?
MEINST DU DEN ERSTEN TEIL ODER DIE FORTSETZUNG?
ICH WUSSTE GAR NICHT, DASS SIE SICH MIT FILMEN SO GUT AUSKENNEN!
NA JA, IN DIESEM FALL IST ES LEIDER MEHR BERUFLICHER NATUR...
DAMALS WURDE BEI DEN DREHARBEITEN DES ZWEITEN TEILS EIN SEHR WERTVOLLER SMARAGD GESTOHLEN. WAR EINE VERTRACKTE SACHE.
DAS STIMMT. UND GENAU AN DIESEM FALL ARBEITEN WIR GERADE.
ACH JUNGS, KÖNNT IHR NICHT EIN MAL FERIEN MACHEN? DER FALL LIEGT SCHON LANGE BEI DEN AKTEN. DIE KOLLEGEN VOM L.A. POLICE DEPARTMENT HABEN BIS HEUTE KEINE SPUR GEFUNDEN.
UNTER UNS...

... DIE KOLLEGEN HABEN DAMALS AUCH IN DIE VÖLLIG FALSCHE RICHTUNG ERMITTELT ...
WIE MEINEN SIE DAS?
MEINE THEORIE WAR JA, DASS DER TÄTER DEN SMARAGD GANZ UNBEMERKT IN DIESEM KLEINEN FILM-MONSTER VOM SET GESCHMUGGELT HABEN MUSS.
ABER DIE POLIZEI HAT DIE PUPPE DOCH BESTIMMT UNTERSUCHT, ODER?
KORREKT, BOB. ABER ES GAB VERSCHIEDENE EXEMPLARE VON DEM MONSTER! UND DIE KOLLEGEN AUS LOS ANGELES HABEN NICHT ALLE MONSTER GEFUNDEN.
MEHRERE MONSTER?
KORREKT. ICH MUSS JETZT WIRKLICH LOS, HAB SCHON WIEDER VIEL ZU VIEL GESAGT.
MACHT ENDLICH MAL FERIEN, IHR DREI!
HUST
OJE, DER ARME!
HUST HUST
MICH WÜRDE INTERESSIEREN, WARUM IHN DER FALL SO BESCHÄFTIGT HAT. ER HAT DOCH EIGENTLICH MIT ROCKY BEACH NICHTS ZU TUN.
DU MEINST, DA STECKT NOCH MEHR DAHINTER?
SIEHT GANZ DANACH AUS...
HUST
THE CRANKIES 3
IN PRODUCTION
TK

ETWAS SPÄTER IN MALIBU BEACH ...
DAS MUSS ES SEIN.
HIER? JASON FROST SOLL IN EINER SO TEUREN VILLA WOHNEN?
DAS IST ZUMINDEST DIE ADRESSE, DIE MIR MELANIE GEGEBEN HAT.
SOWEIT ICH RECHERCHIEREN KONNTE, HAT JASON FROST NUR IN EIN PAAR KLEINEREN INDEPENDENT-PRODUKTIONEN MITGESPIELT. UND NACH DER SACHE MIT DEM "DREIÄUGIGEN TOTENKOPF" HAT ER ÜBERHAUPT KEINE ROLLEN MEHR BEKOMMEN ...
ABER WOHER HAT ER DANN SO VIEL GELD?
DU MEINST, VIELLEICHT HAT ER DEN SMARAGD ...
DAS WERDEN WIR GLEICH HERAUSFINDEN. KOMMT, IHR "CRANKIES"!
SCHON WIEDER KEIN NAME.
ICH BIN GESPANNT, OB ER WIRKLICH SO FROSTIG IST ...

JA BITTE?
GUTEN TAG, SIR. ICH HOFFE, WIR STÖREN SIE NICHT. WIR HABEN EINEN JASON-FROST-FANCLUB GEGRÜNDET UND WÜRDEN GERN EIN INTERVIEW MIT IHNEN FÜHREN.
EIN INTERVIEW? EIN FANCLUB? WIE WUNDERBAR!
WIR LIEBEN IHRE FILME, SIR!
NA, WENN DAS SO IST, KOMMT REIN, MEINE LIEBEN FANS.
SIE LIEBEN PUDEL, MR FROST?
PUDEL? ICH? ACH SO. DU MEINST DIESE ...

DIESE SCHEUSSLICHEN DINGER DA. NEIN, DAS IST DIE PASSION MEINER FRAU.
LE CHIEN
DAS SIND WIRKLICH GANZ SCHÖN VIELE PUDEL, SIR.
DAS HAT ALLES MEINE FRAU SO EINGERICHTET. ICH LASSE IHR DIESE KLEINE FREUDE. ICH HABE MEINE SCHAUSPIELEREI UND SIE MACHT EIN BISSCHEN AUF INNENARCHITEKTIN.
WAS SOLLTE ICH ANSONSTEN MIT MEINEM GANZEN GELD MACHEN? HAHA.
WIRKLICH VIELE PUDEL.
SO, MEINE LIEBEN FANS. SPANNT MICH NICHT LÄNGER AUF DIE FOLTER: WELCHER FILM MIT MIR IST EUER ABSOLUTER LIEBLINGSFILM?
ALSO FÜR MICH WAR ES DEFINITIV DIE ROLLE DES RAVI SHUTTER IN "LOVIN' AVA".
DAS STIMMT, EIN WUNDERBARER FILM!
UND DEINER?
FÜR MICH GIBT ES NUR EINEN EINZIGEN FILM, DER MICH GANZ BESONDERS INTENSIV BESCHÄFTIGT HAT, SIR.

DER FLUCH DES DREI-ÄUGIGEN TOTENKOPFS ...2!
WIE BITTE? DIESER HORRORSTREIFEN WURDE NIE FERTIGGESTELLT! NIEMAND KENNT DIESEN FILM!
RICHTIG! WEIL WÄHREND DER DREHARBEITEN DAMALS EIN WERTVOLLER SMARAGD GESTOHLEN WURDE.
WOHER ... WIESO ... WAS SOLL DAS ALLES?
SIE HABEN NICHT ZUFÄLLIG EINE AHNUNG, WER DEN STEIN GESTOHLEN HABEN KÖNNTE, MR FROST?
EIN SMARAGD, DER SO WERTVOLL IST, DASS MAN SICH LOCKER ZWEI VON DIESEN VILLEN HIER LEISTEN KÖNNTE!
IHR SEID KEINE FANS! WER SEID IHR? WAS WOLLT IHR VON MIR?
NEIN, WIR SIND DETEKTIVE, SIR. WIR ERMITTELN IM AUFTRAG IHRES EHEMALIGEN REGISSEURS ... JAMES KUSHING!
KUSHING ...
LEBT ALSO NOCH ...

WUSSTEN SIE DAS NICHT?
WIR WAREN NICHT GRADE DIE BESTEN FREUNDE.
UND SIE WISSEN AUCH NICHT ZUFÄLLIG ETWAS ÜBER DIESE GRUSELIGE MONSTER-KREATUR, DIE UNS GESTERN ABEND IN UNSERER ZENTRALE FAST ZU TODE ERSCHRECKT HAT?
WELCHE MONSTER-KREATUR?
DIE ORIGINAL-PUPPE AUS DEM FILM!
DAS FILMMONSTER? IHR HABT AUCH SO EIN DING?
WIESO AUCH?
ICH GLAUBE, ICH MUSS EUCH EINE MENGE ERKLÄREN. UND ETWAS ZEIGEN. ABER DAFÜR MÜSSEN WIR IN DEN KELLER GEHEN ...
IN DEN KELLER?
WILLKOMMEN IN MEINEM REICH.
SIE WOHNEN HIER UNTEN?
NUN JA. ICH BIN LEIDER NICHT SO REICH, WIE IHR DENKT, JUNGS. GANZ IM GEGENTEIL.
WAS IST DAS HIER? EIN FOLTERKELLER?
JASON FROST

ABER BITTE SETZT EUCH DOCH. MEINE KARRIERE IST SEIT SEHR LANGER ZEIT AM ENDE.
UND ICH WAR ES AUCH.
FROST
TITAN
IV
BIS ICH MEINE LIEBE FRAU MARIE KENNENGELERNT HABE.
SIE HAT MICH AUS MEINEM TIEFEN TAL GEHOLT UND MIR HIER UNTERSCHLUPF GEGEBEN.
UNTERSCHLUPF IST GENAU DAS RICHTIGE WORT DAFÜR.
NEIN, HIER SCHLAFE ICH NUR.
ICH DARF NATÜRLICH AUCH OBEN LEBEN UND DIE VORZÜGE EINES REICHEN LEBENS NUTZEN.
MR FROST, SIE WOLLTEN UNS ETWAS ZEIGEN?
DARF ICH VORSTELLEN: DIE ORIGINAL "GREIFER-PUPPE"!
VON DIESER PUPPE GAB ES VIER VERSCHIEDENE EXEMPLARE. DIESE HIER HAT MIR MR KUSHING EINEN TAG VOR DREHENDE GESCHENKT. ALS ERINNERUNG.
DIE SIEHT JA FAST GENAUSO AUS WIE UNSERE!

WAS KANN EURE PUPPE DENN?
SIE KANN SPRECHEN.
AH, IHR HABT DIE "GESICHTS-PUPPE". MEINE KANN GREIFEN UND DIE ARME BEWEGEN. NATÜRLICH MITHILFE EINER FERNBEDIENUNG.
ES GIBT NOCH DIE "GANZKÖRPER-PUPPE", DIE GAR NICHTS KANN UND NUR FÜR TOTALE UND AMERIKANISCHE EINSTELLUNGEN GENUTZT WURDE.
UND DIE FERNGESTEUERTE "BEWEGUNGS-PUPPE" MIT ROLLEN AN DEN FÜSSEN. JEDER VON UNS HAT EINE BEKOMMEN.
SIE MEINEN, JEDER VON IHNEN HAT SO EINE MONSTER-PUPPE MIT NACH HAUSE GENOMMEN?
FROST IS THE ICE MAN
JASON FROST IN THE DOGTRIX
RICHTIG. DESWEGEN GLAUBTE DIE POLIZEI JA AUCH LANGE ZEIT, DASS WIR ALLE VIER IN DEN DIEBSTAHL VERWICKELT WAREN.
DABEI KANN ES NUR EINER GEWESEN SEIN ...

ROGER KIND! DER WAR DOCH DER EINZIGE VON UNS, DER DAS KREATIVE TALENT HATTE, EIN DUPLIKAT VON DEM SMARAGD ANZU-FERTIGEN.
ABER WENN ICH MICH HIER SO UMSCHAUE, SIND SIE EBEN-FALLS HANDWERKLICH SEHR BEGABT. HABEN SIE DIESE FIGU-REN ALLE SELBST GESCHNITZT?
NA JA, DAS IST NUR MEIN HOBBY. AUFTRAGS-ARBEITEN FÜR MEINE FRAU.
ROSE
PINK
LILAC
WIE DEM AUCH SEI... **ICH** HABE ROGERS ADRESSE.
WELCHES VERHÄLTNIS HATTEN SIE DENN ZU ROGER KIND?
JASON? KOMM SOFORT HOCH!
ICH HABE HUNGER! MACH DEINER FRAU ETWAS ZU ESSEN!
ICH SCHREIBE EUCH DIE ADRESSE AUF. DANACH MÜSST IHR LEIDER GEHEN. MARIE WARTET.
PUDELCHEN? ICH ZÄHLE BIS DREI ...
KEIN PROBLEM...

EINE HALBE STUNDE SPÄTER.
HIER IST ES?
SIEHT GANZ SO AUS.
NETT ...
NICHT ALLE HABEN DAS GLÜCK, IN SO PRIVILEGIERTEN VERHÄLTNISSEN AUFZUWACHSEN WIE WIR, ZWEITER.
SO HABE ICH DAS NICHT GEMEINT, JUST. DÜRFEN WIR HIER ÜBERHAUPT PARKEN?
ICH BEZWEIFLE, DASS WIR JEMANDEM IM WEG STEHEN.

KOMMT, MEINE KLEINEN "CRANKIES"!
KANN ER BITTE AUFHÖREN, UNS SO ZU NENNEN?
ES WAR JA SEHR FREUNDLICH VON MR FROST, UNS DIE ADRESSE ZU GEBEN – ABER WIE FINDEN WIR JETZT SEINEN WOHNWAGEN?
DAS ERGIBT SICH SCHON. WIR IMPRO-VISIEREN.
WIR IMPROVISIEREN ...
HIER MÖCHTE MAN WIRKLICH KEIN BRIEF-TRÄGER SEIN.

HABT IHR EUCH VER-LAUFEN, JUNGS?
WIR SIND AUF DER SUCHE NACH ROGER KIND, MA'AM. WISSEN SIE VIELLEICHT, WO WIR IHN FINDEN?
WAS WOLLT'N IHR VON ROGER?
ÄHM, WIR SIND FILM-STUDENTEN, MA'AM.
WIR SCHREIBEN EINEN ARTIKEL FÜR EIN KLEINES HOLLY-WOOD-MAGAZIN.
JA, GENAU, WIR SCHREIBEN EINE REPORTAGE ÜBER BERÜHM-TE MASKEN-BILDNER.
AHA, SOSO... EINE REPORTAGE... VERSTEHE...
DA SEID IHR BEIM ALTEN ROGER GENAU RICHTIG. DER KANN EUCH GESCHICHTEN ERZÄHLEN.
DER WOHNT SCHON EWIGKEITEN HIER. SEIT DIESER SACHE DAMALS ... SCHRECK-LICHE SACHE.
SIE MEINEN DEN SMARAGD-DIEBSTAHL?
DIE HABEN BEHAUPTET, ROGER WÄR'S GEWESEN. ABER DAS IST ALLES GELOGEN!
GUCKT EUCH DOCH UM! WER WÜRDE DENN FREIWILLIG AUF SO 'NER MÜLLHALDE LEBEN, WENN ER 'NEN TEUREN KLUNKER GEKLAUT HÄTTE?

NIEMAND, NEHME ICH AN.
VERDAMMT RECHT HAST DU!
ROGER HAT NICHTS GESTOHLEN – IHM WURDE WAS GESTOHLEN, SEINE KARRIERE NÄMLICH!
ER WAR EINER DER BESTEN MASKENBILDNER! UND ER KANN ES IMMER NOCH.
WISST IHR, ROGER MACHT MANCHMAL MEIN MAKE-UP, WENN ICH 'N DATE HABE.
ABER ER WAR DOCH MASKENBILDNER BEIM HORRORFILM!?
EBEN DRUM! SCHAUT MICH AN! ER VOLLBRINGT WAHRE WUNDER!
JA, DOCH ... SEHR SCHÖN.
JETZT SIEHT MAN'S! SIE STANDEN NUR IM FALSCHEN LICHT.

KÖNNEN SIE UNS DEN WEG ZU MR KINDS WOHNWAGEN ZEIGEN?
KLAR, DER IST GANZ EINFACH ZU FINDEN ...
ZUM ALTEN ROGER GEHT IHR HIER GLEICH DA VORNE AN DEN MÜLLTONNEN RECHTS REIN ...
... DANN MÜSST IHR DURCH DEN GARTEN VON MR COSO SCHLEICHEN ...
ABER VORSICHT!
DER HAT EINEN BISSIGEN HUND, ALSO SCHNELL ÜBER DIE MAUER RÜBER ...
... UND DANN SEHT IHR EIGENTLICH SCHON ROGERS WOHNWAGEN.
DAS IST DER, WO DIESE GESICHTER DRAUFGEMALT SIND ...
DA, KOLLEGEN, DAS MUSS ES SEIN!
DER WEG WAR NICHT EINFACH, DER WAR LEBENSGEFÄHRLICH!
DA MUSS ICH UNSEREM ZWEITEN AUSNAHMSWEISE MAL RECHT GEBEN ...

NIEMAND ZU HAUSE... DANN KÖNNEN WIR DOCH EIGENTLICH WIEDER GEHEN, ODER?
DA! AM FENSTER!
DA WAR DOCH JEMAND!
MR KIND?

ALSO, ICH HÄTTE SCHWÖREN KÖNNEN, DA WAR WER...
TOCK TOCK
MR KIND, WIR WOLLEN NUR KURZ MIT IHNEN REDEN!
TOCK TOCK!!
WER SEID IHR?
WIR SIND DETEKTIVE, MR KIND. DIE DREI ??? AUS ROCKY BEACH.
HM. ICH KENNE EUCH DOCH. ICH HAB VON EUCH IN DER ZEITUNG GELESEN, IRGENDWAS MIT EINER KATZE ODER SO.
Die drei Detektive
???
Wir übernehmen jeden
ICH MAG KATZEN.
HEREIN-SPAZIERT.

ES IST NICHT GROSS, ABER ES GEHÖRT MIR.
NOCH ...
DARF ICH SIE STREICHELN?
NATÜRLICH, GERALD LIEBT BESUCH.
SETZT EUCH DOCH.
GERALD
MR KIND, WIR WÜRDEN IHNEN GERNE ...
ERALD
HATSCHI!
NENNT MICH DOCH ROGER.
WIR WÜRDEN GERNE MIT IHNEN ÜBER DEN VORFALL SPRECHEN, DER SICH AM SET VON "DER FLUCH DES DREIÄUGIGEN TOTENKOPFS" EREIGNET HAT.

ICH KANN EUCH LEIDER NICHT HELFEN.
ICH WEISS JA SELBST NICHT, WAS DAMALS PASSIERT IST.
HABEN SIE EINE IDEE, WIE DER SMARAGD VERSCHWINDEN KONNTE?
ODER VIELLEICHT SOGAR EINEN VERDACHT, WER DAFÜR VERANTWORTLICH GEWESEN SEIN KÖNNTE?
HATSCHI
ALLE DENKEN, ICH SEI ES GEWESEN.
DESHALB SEID IHR DOCH HIER, STIMMT'S!?
IHR DENKT, DASS ICH ETWAS DAMIT ZU TUN HABE.
WIR ERMITTELN IN ALLE RICHTUNGEN.
MR KUSHING HAT UNS BEAUFTRAGT, HERAUSZUFINDEN, WAS DAMALS GENAU PASSIERT IST.
ES GIBT NICHTS, WAS ICH MIR MEHR WÜNSCHE, ALS DASS ENDLICH DIE WAHRHEIT ANS LICHT KOMMT, ABER ICH HABE KEIN GELD, UM DETEKTIVE ZU ENGAGIEREN.
WIR VERLANGEN FÜR UNSERE ERMITTLUNGEN KEIN GELD.
DANN HELFT IHR MIR, JA?
HELFT MIR, MEINE UNSCHULD ZU BEWEISEN!

HATSCHI!
JA, KLAR. WIR HELFEN IHNEN.
VERSPRECHT IHR ES?
VERSPROCHEN.
DANKE! VIELEN DANK!
ICH WILL EUCH ETWAS ZEIGEN.
WAS IST DAS?
DER DIEB DES GRÜNEN SMARAGDS!
WER ...?

Aaaa
WAAA!
EINE PUPPE ...
EINE DER MONSTER-PUPPEN, DIE BEIM FILMDREH BENUTZT WURDEN.
DIESE PUPPE WURDE FÜR SZENEN VERWENDET, IN DENEN SICH DAS MONSTER BEWEGTE.
ICH HÄTTE ES MIR DENKEN KÖNNEN ...
SEHT IHR ...

... ANSTELLE VON BEINEN HAT SIE RÄDER.
HABEN SIE DIE PUPPEN GEBAUT?
ALLE VIER.
DESHALB DENKEN JA ALLE, DASS ICH DEN SMARAGD GESTOHLEN HAB...
JEDER VON IHNEN DURFTE NACH DREHENDE EINE DER PUPPEN BEHALTEN, RICHTIG?
KORREKT. ABER NUR FÜR KURZE ZEIT. NACH DEM VERSCHWINDEN DES SMARAGDS HAT DIE POLIZEI SIE ALS BEWEISSTÜCK BESCHLAGNAHMT.
HA-TSCHI
SPÄTER HABE ICH SIE DANN ZURÜCKBEKOMMEN. ANSCHEINEND HABEN SIE NICHTS GEFUNDEN.
DANKE, ROGER. WIR MELDEN UNS BEI IHNEN, SOBALD WIR ETWAS HERAUSGEFUNDEN HABEN.
ABER BITTE ENTSCHULDIGEN SIE UNS JETZT. ICH FÜRCHTE, ICH REAGIERE ALLERGISCH AUF IHREN KATER.
WIE KANN MAN DENN AUF SO EIN SÜSSES TIER ALLERGISCH REAGIEREN?

ICH WEISS NICHT, WIE ES EUCH GEHT, KOLLEGEN... ABER MIR TUT ROGER LEID.
JA, MIR AUCH. UND ER HAT SO EINEN SÜSSEN KATER.
EINE SACHE NOCH, ZWEITER.
WENN DICH DAS NÄCHSTE MAL JEMAND BITTET, SEINE UNSCHULD ZU BEWEISEN, DANN SAGST DU EINFACH: "WIR TUN UNSER MÖGLICHSTES." ABER DU VERSPRICHST ES IHM NICHT.
WARUM NICHT? WIR WOLLEN ROGER DOCH HELFEN, ODER NICHT?
DU KANNST NIEMANDEM VERSPRECHEN, SEINE UNSCHULD ZU BEWEISEN, SOLANGE DU NICHT SICHER BIST, DASS DERJENIGE AUCH WIRKLICH UNSCHULDIG IST. UND ZUALLERERST WOLLEN WIR DEN FALL LÖSEN.
WO FAHREN WIR JETZT EIGENTLICH HIN?
ZU MELANIE. WENN TATSÄCHLICH ALLE VIER EINE MONSTER-PUPPE ERHALTEN HABEN, MUSS SIE EBENFALLS EINE BESITZEN.
ABER WARUM HAT SIE DAS MIT KEINER SILBE ERWÄHNT?

COOPER
DER WACHMANN SOLLTE SICH WIRKLICH MAL NACH EINEM NEUEN JOB UMSEHEN.
4
ICH HÄTTE NICHT ERWARTET, EUCH SO SCHNELL WIEDERZUSEHEN.
MELANIE, SIND SIE DAS?
IN DEM KOSTÜM HÄTTE ICH SIE NIEMALS ERKANNT!
DAS SOLL JA AUCH KEINER. DAS HIER IST EINE LOW-BUDGET-PRODUKTION: DA MUSS JEDER MINDESTENS ZWEI ROLLEN SPIELEN.

ICH HOFFE, IHR HABT GUTE NEUIGKEITEN. DIE KÖNNTE ICH WIRKLICH GUT GEBRAUCHEN.
WIR HATTEN INZWISCHEN GELEGENHEIT, MIT ROGER KIND ZU REDEN.
HAT ER ENDLICH ZUGEGEBEN, DASS ER DEN SMARAGD GESTOHLEN HAT?
DER VERBLEIB DES SMARAGDS IST WEITERHIN UNKLAR. ES GIBT BISLANG AUCH KEINE HINWEISE, DIE AUF EINE TATBETEILIGUNG VON MR KIND SCHLIESSEN LASSEN.
SET No. 13
NUN JA. WAS IST DENN NUN BEI EUREN ERMITTLUNGEN HERAUSGEKOMMEN?
MR KIND IST IM BESITZ EINER DER PUPPEN. SOWEIT WIR WISSEN, HABEN MR KUSHING, MR FROST UND SIE EBENFALLS EINE DER PUPPEN BEKOMMEN.
JA, SCHEUSSLICHE DINGER!

MEINE KANN SPRECHEN.
ICH BIN BEINAH GESTORBEN VOR SCHRECK, ALS ICH SIE EINMAL VERSEHENTLICH EINGESCHALTET HABE. ICH WEISS GAR NICHT, WARUM ICH SIE ÜBERHAUPT BEHALTEN HABE...
STERBEN! LASST ME
WO BEFINDET SICH IHRE PUPPE JETZT?
ZU HAUSE IN MEINEM APARTMENT. WIESO?
WIR WÜRDEN UNS DIE PUPPE GERNE EINMAL ANSEHEN.
VON MIR AUS.
ABER IHR MÜSST EUCH NOCH ETWAS GEDULDEN.
MS SHEPARD? WIR WÄREN DANN SO WEIT.
JA, JA, ICH KOMM JA SCHON.
GEBT MIR EINE HALBE STUNDE.
UND NUN ZU EUCH DREI "CRANKIES" ICH DACHTE, IHR SEID PROFIS?
DIE MONSTERPUPPE VON MELANIE SHEPARD KANN AUCH SPRECHEN?
RICHTIG. DESWEGEN BEZWEIFLE ICH AUCH, DASS MELANIES PUPPE NOCH AN IHREM PLATZ IST.

JA, NATÜRLICH! DAS WAR MELANIES PUPPE! JEMAND MUSS SIE GESTOHLEN HABEN! ODER ...
JUNGS!
FALLS WIR NICHT DOCH NOCH ALS "CRANKIES" VOR DER KAMERA LANDEN WOLLEN, SOLLTEN WIR VIELLEICHT BESSER IM WAGEN WARTEN.
EINE KNAPPE STUNDE SPÄTER.
LB
ICH HABE NICHT VIEL ZEIT, JUNGS. AM BESTEN FAHRT IHR MIR EINFACH HINTERHER.

101
Ventura
NORTH
23
Sawgrass Place
1 MILE
Hampshire Road
DREHT EUCH NICHT UM, ABER ... ICH GLAUBE, WIR WERDEN VERFOLGT.
DU MEINST DEN SCHWARZEN VAN?
JA.
DEN HABE ICH SCHON EINMAL GESEHEN. AUF DEM WOHNWAGENPLATZ.
UND WAS WILL DER VON UNS?

ALLEM ANSCHEIN NACH SIND WIR AUF DER RICHTIGEN SPUR, WENN UNS JEMAND FOLGT.
ENTSCHULDIGT DAS CHAOS. ICH BEKOMME NICHT HÄUFIG BESUCH.

DAS IST DAS CHINESE THEATRE IN L.A.!
DAS IST LANGE HER...
SING ALONG with
DIESE AUFNAHME SCHEINT MIR EBENFALLS SCHON ÄLTER ZU SEIN.
DAS WAR VOR JAMES' UNFALL.
GUTE ALTE ZEIT... ACH, JAMES...
WAS FÜR EIN SCHÖNES STRANDHAUS!
WEM GEHÖRT DAS, MA'AM?
DAS STRANDHAUS?
DAS IST PRIVAT!

DAS ALLES HIER IST PRIVAT!
DAS KANN NICHT SEIN ...
MELANIE, IST ALLES IN ORDNUNG?
... DIE PUPPE
... IST WEG!

VIELLEICHT HABEN SIE SIE DOCH WOANDERS AUFBEWAHRT?
MIR PASSIERT ES STÄNDIG, DASS –
SIE IST WEG! GESTOHLEN !!!
ES MUSS ENDLICH EIN ENDE HABEN ...
WIE? WIE KANN ICH EUCH HELFEN?
INDEM SIE UNS SAGEN, WO SICH DAS WEISSE STRANDHAUS BEFINDET, IN DEM SIE SICH FRÜHER HEIMLICH MIT JAMES KUSHING GETROFFEN HABEN?
MÖGLICHERWEISE KÖNNEN SIE UNS DABEI HELFEN, MELANIE.
ABER WIE? ... DAS STRANDHAUS?
WAS HABE ICH EUCH GESAGT, KOLLEGEN, IN UNSERER ZENTRALE STEHT MELANIES PUPPE.

MUSSTEN WIR WIRKLICH HEUTE NOCH ZUM STRANDHAUS FAHREN? IN EINER HALBEN STUNDE IST ES STOCKDUNKEL.
SEI UNBESORGT, ZWEITER. BOBS KÄFER IST NICHT GRADE MIT VIELEN EXTRAS AUSGESTATTET, ABER DIE LICHTANLAGE FUNKTIONIERT EINWANDFREI.
DU WEISST, WIE ICH DAS MEINE.
WILLST DU NICHT WISSEN, WAS UNS IN MR KUSHINGS STRANDHAUS ERWARTET? UND AUCH, WARUM ER ES UNS GEGENÜBER BISLANG MIT KEINER SILBE ERWÄHNT HAT?
DOCH, SCHON... ABER MORGEN FRÜH HÄTTE MICH DAS NOCH GENAUSO INTERESSIERT.
VIELLEICHT HAT MR KUSHING LÄNGST VERGESSEN, DASS ER EIN STRANDHAUS BESITZT.
WIR WERDEN ES IN KÜRZE ERFAHREN, KOLLEGEN. ICH BIN MIR SICHER, WIR SIND AUF EINER HEISSEN SPUR!
ZUMINDEST WERDEN WIR WIEDER EINMAL VERFOLGT.
ETWA WIEDER DER SCHWARZE VAN?

BIS GRADE EBEN HABE ICH IHN NOCH GESEHEN. WAHRSCHEINLICH HAT ER SICH ZURÜCKFALLEN LASSEN.
WAS HAST DU VOR?
DA VORNE KOMMT EINE TANKSTELLE. ICH WILL LIEBER NOCH MAL NACH DEM WEG FRAGEN.
GAS
AUSSERDEM IST DER TANK BALD LEER. NICHT, DASS WIR IN DIESER EINÖDE LIEGEN BLEIBEN.
BITTE NICHT…
FRAG DU NACH DEM WEG. ICH TANKE SCHON MAL.
SAWYER'S
CAR WASH
GAS

MORLBO
ICECOL
POPCORN
NO! CRÉD!!
HABEN SIE SICH VERFAHREN, JUNGER MANN?
WIE KOMMEN SIE DARAUF?
SO SPÄT KOMMT HIER NUR SELTEN JEMAND VORBEI. VOR ALLEM NICHT VON AUSSERHALB.
EINE FRAGE HÄTTE ICH TATSÄCHLICH ...
FÜR DAS BENZIN. UND DANKE FÜR DIE AUSKUNFT.
SAWYER
UND?
IST NICHT MEHR WEIT.
WIR HÄTTEN TROTZDEM GENAUSO GUT MORGEN FRÜH LOSFAHREN KÖNNEN.
DU WEISST DOCH: WENN UNSER ERSTER EINE HEISSE SPUR WITTERT, GIBT ES KEIN HALTEN MEHR.

WAS IST?
ICH FRAGE MICH, WAS DER WILL, WER AUCH IMMER IN DIESEM VAN SITZT.
GAS
OH, BOB, BITTE! WIR MÜSSEN DOCH NICHT NOCH AUF IHN WARTEN!
GAS
SIEHT AUS, ALS WÄRE SCHON LANGE NIEMAND MEHR HIER GEWESEN.
WIR MÜSSEN EINEN ANDEREN WEG HINEIN FINDEN.

WO HABEN WIR DENN DIE TASCHENLAMPEN?
SAGT BITTE NICHT, DASS WIR KEINE TASCHENLAMPEN DABEIHABEN ...
WARUM GUCKT IHR MICH SO AN?
OHNE TASCHENLAMPE WIRD ES NATÜRLICH SCHWIERIG, HIER IRGENDETWAS ZU ERKENNEN...
ICH...
... BIN GEFAHREN.
UND ICH HABE VON ANFANG AN GESAGT: LASST UNS MORGEN FAHREN! DANN HÄTTEN WIR AUCH KEINE TASCHENLAMPEN GEBRAUCHT!
SCHON GUT, SCHON GUT.
NEIN, NICHT "SCHON GUT"! IHR TUT IMMER SO, ALS WÄRE ALLES MEINE SCHULD! DAS IST UNFAIR!
ICH BIN WIRKLICH DEN GANZEN TAG GEFAHREN. UND GESTERN AUCH SCHON.
HAST DU DEIN DIETRICH-SET DABEI?
JA, JUSTUS. DAS HABE ICH ZUFÄLLIGERWEISE DABEI.
GUTE ARBEIT, ZWEITER.

GLÜCK IM UNGLÜCK, WÜRDE ICH SAGEN. DER STROM WURDE NOCH NICHT ABGESTELLT.
DANN SEHEN WIR UNS MAL ETWAS UM.
JUSTUS, PETER... KOMMT MAL!

SIEHT NACH MR KUSHINGS ARBEITSZIMMER AUS.
DA IST ES ...
DAS VIERTE MONSTER!
DAS MONSTER VON JAMES KUSHING!
DES RÄTSELS LÖSUNG ...
... RÜCKT IN GREIFBARE NÄHE, KOLLEGEN.
EIN 35-MM-FILMSTREIFEN!?

DAS IST DIE SZENE VOM LETZTEN DREH-TAG!
UND WAS SOLL DARAN JETZT SO BESONDERS SEIN, DASS MAN DEN FILM EXTRA VERSTECKT?
IRGENDETWAS PASST NICHT ZUSAMMEN ...
BOB, SPUL NOCH MAL ZURÜCK!

UND?
SEHT IHR DAS DENN NICHT?
OFFENSICHTLICH NICHT.
DIE KLAUE!
BEVOR DAS MONSTER HINTER DEM SARKOPHAG VERSCHWINDET, HAT ES DEN SMARAGD IN DER RECHTEN KLAUE –
ABER ALS ES WIEDER HERVORKOMMT, HAT ES DEN SMARAGD PLÖTZLICH IN DER LINKEN KLAUE!
MENSCH, JUST! DU HAST RECHT!
ABER ... WAS SOLL DAS BEDEUTEN?
DAS IST DIE VIERTE PUPPE AUS DEM FILM – DIE "BEWEGUNGSPUPPE". ABER DIE HIER KANN UNMÖGLICH DEN SMARAGD VON EINER HAND IN DIE ANDERE WECHSELN. DIE PUPPE IST SO STEIF ...

GANZ EINFACH: ES GIBT **ZWEI** BEWEGUNGSPUPPEN! DIE EINE FÄHRT MIT DEM ECHTEN SMARAGD HINTER DEN SARKOPHAG UND DIE ANDERE KOMMT MIT EINER FÄLSCHUNG WIEDER HERAUS.
GENIAL!
ALLERDINGS FEHLT UNS JEGLICHER ANHALTSPUNKT, WO SICH DIESE FÜNFTE PUPPE BEFINDEN KÖNNTE.
WO VERSTECKT MAN EIN MONSTER, VON DESSEN EXISTENZ NIEMAND WISSEN DARF?
UNTER ANDEREN MONSTERN ...
DAS IST DIE ANTWORT AUF DEINE FRAGE, JUST! WO VERSTECKT MAN EIN MONSTER?
ALLES IN ORDNUNG?
ANTWORT: UNTER ANDEREN MONSTERN.
KOMMT MIT!
WIR HÄTTEN UNS BEIM FAHREN ABWECHSELN SOLLEN. DAS WAR ALLES ZU VIEL FÜR IHN.

SEHT IHR ES?
BIGFOOT 9
DAS GEFÜHL IST UNGE-WOHNT... ABER ICH VERSTEHE NICHT, WORAUF DU HINAUSWILLST.
UNGLAUBLICH!
MAN VERSTECKT EIN MONSTER DORT, WO ES NIEMANDEM AUFFÄLLT: UNTER ANDEREN MONSTERN.

ES IST MIR WEITERHIN RÄTSELHAFT, WIE WIR DAS ÜBERSEHEN KONNTEN. DIE PUPPE WAR DIREKT VOR UNSERER NASE!
ÄRGERE DICH NICHT, ERSTER. DAMALS IM HORRORFILMMUSEUM WUSSTEN WIR DOCH NOCH GAR NICHT, WONACH WIR SUCHEN SOLLTEN.
ICH HÄTTE WIRKLICH AUCH ZURÜCK FAHREN KÖNNEN.
MUSST DU ABER DOCH NICHT. WIR KÖNNEN UNS DOCH GENAUSO GUT ABWECHSELN.
VIEL PLATZ IST HIER HINTEN JA NICHT GERADE ...
HIER VORNE ABER AUCH NICHT.
KOLLEGEN ...
ICH FÜRCHTE, WIR BEKOMMEN BESUCH.

ICH FRAGE MICH, WAS DER WILL.
ICH HABE NICHT DIE GERINGSTE LUST, DAS HERAUSZUFINDEN!
IST DER VERRÜCKT GEWORDEN?!
SCHNELLER, PETER! DER RAMMT UNS SONST!
ES GEHT NICHT SCHNELLER!

DER WILL UNS ABDRÄNGEN!
DER WILL UNS UMBRINGEN!
PETER, TU DOCH WAS!

LANGSAMER, PETER, LANGSAMER!
BIST DU VERRÜCKT?
WIR HABEN IHN ABGEHÄNGT. PETER, HÖRST DU? ER IST WEG.
UND WENN ER WENDET UND ZURÜCKKOMMT?
FAHR LANGSAMER!
NOCH LANGSAMER.
UND JETZT SCHALTE DAS LICHT AUS.
SO KANN ER UNS NICHT MEHR SEHEN.
ICH ABER AUCH NICHTS!

FAHR EINFACH GERADEAUS. UND AUF KEINEN FALL SCHNELLER WERDEN. WIR MERKEN SCHON, WENN WIR VOM WEG ABKOMMEN.
BIST DU SICHER, DASS ER UNS NICHT MEHR VERFOLGT?
HIER SIND ÜBERALL KLEINE FELDWEGE. DER FINDET UNS NICHT.
ALLES IN ORDNUNG, BOB?
GLAUBE SCHON ...
WAS, IN DREI TEUFELS NAMEN, WOLLTE DER VON UNS?
UNS AUFHALTEN.
THE HORROR FILM MUSEUM
THE HORROR MUSEUM

UND NUN?
WIR SOLLTEN KEINE ZEIT VERLIEREN.
BOB!
BOB!
WAS IST?
BEHALT DIE STRASSE IM AUGE!
IST DAS NICHT EIGENTLICH EINBRUCH?
EINBRUCH WÄRE ES, WENN WIR UNS ZUGANG VERSCHAFFEN WÜRDEN, UM ETWAS ZU STEHLEN. WIR VERSCHAFFEN UNS ABER ZUGANG, UM ETWAS GESTOHLENES ZURÜCKZUBESCHAFFEN. DAS IST ETWAS VÖLLIG ANDERES.
ICH BEFÜRCHTE, EIN GROSSTEIL DER RICHTER WÜRDE DAS ANDERS SEHEN.
JE SCHNELLER WIR DRIN SIND, DESTO KLEINER IST DAS RISIKO, DASS WIR DIES JEMALS HERAUSFINDEN.
ACHTUNG!

FALSCHER ALARM! DAS WAR NUR EIN ...
EIN WAS?
ICH WEISS NICHT. EIN TIER.
DAS IST EIN SICHERHEITS-SCHLOSS. ICH BIN KEIN PROFI – DAS KRIEGE ICH NICHT AUF.
MIST. WIE SPÄT IST ES, ERSTER?
AM 05:13
ES LOHNT SICH NICHT EINMAL, NACH HAUSE ZU FAHREN.
THE HORROR MUSEUM
Open 8AM – 8PM
WENN WIR ANGE-KOMMEN SIND, KÖNNEN WIR EIGENTLICH SCHON GLEICH WIEDER LOS.
DANN BLEIBT UNS NICHTS ANDERES ÜBRIG, ALS IM AUTO ZU WARTEN.
AM NÄCHSTEN MORGEN ...

ZU FRÜH ...
ZU HELL ...
BEIDES ...
NA, EUCH MUSS ES JA BLENDEND GEFALLEN HABEN ...
DREIMAL?
THE HORROR MUSEUM
MAP TO THE

KOLLEGEN, WIR SIND AM ZIEL. DIE FÜNFTE MONSTER-PUPPE!
MENSCH, JUST, WAS MACHST DU DENN DA?
DAS... DAS WAR EIN VERSEHEN.
SCHON WIEDER?
DAS GIBT'S JA GAR NICHT!
DER SMARAGD!
ER WAR IM KOPF VERSTECKT!
WIR HABEN IHN GEFUNDEN!
GUTE ARBEIT, KOLLEGEN!

WAS HAST DU, ERSTER?
WIR HABEN ZWAR DEN SMARAGD – DOCH WIR WISSEN NOCH IMMER NICHT, WER IHN GESTOHLEN HAT. UND AUCH NICHT, WARUM ER IMMER NOCH HIER IST.
JUST, WIR HABEN DEN SMARAGD GEFUNDEN! NACH ALL DEN JAHREN! UND NACHDEM HALB HOLLYWOOD DANACH GESUCHT HAT!
PETER HAT RECHT: WIR HABEN WIRKLICH GRUND ZU FEIERN!
JA, STIMMT SCHON ...
DAS FRÜHSTÜCK GEHT AUF MICH, KOLLEGEN!
SO GEFÄLLT MIR UNSER ERSTER DETEKTIV!
SHOCK ROOM →
KILL ROOM →
BLOOD ROOM →
BATHROOM ←

IHR HABT MIR EINIGES ZU ERKLÄREN, JUNGS!
INSPEKTOR COTTA!
WAS MACHEN SIE DENN HIER?
DAS IST EINE GUTE FRAGE, JUSTUS JONAS.
EIGENTLICH SOLLTE ICH ZU HAUSE IM BETT LIEGEN UND MEINE GRIPPE AUSKURIEREN ...
SIE KLINGEN NICHT BESSER, SIR.
MIR HILFT IMMER INGWER-TEE, WENN ES MICH SO RICHTIG ERWISCHT HAT.
LEIDER FEHLT MIR ZUM TEE-TRINKEN DIE ZEIT, WENN SICH DIE DREI ??? ENTSCHLOSSEN HABEN ...
... EINFACH MAL SO ÜBER NACHT WEGZUBLEIBEN, OHNE IRGENDJEMANDEM BESCHEID ZU SAGEN. EURE FAMILIEN WAREN KRANK VOR SORGE.
DAS ... DAS WAR EINE VERKETTUNG UNGLÜCKLICHER UMSTÄNDE.
WIR WOLLTEN EIGENTLICH SCHON LÄNGST WIEDER ZU HAUSE SEIN!
ICH HAB VON ANFANG AN GESAGT: LASS UNS MORGEN FAHREN.
SCHON GUT, JUNGS. JETZT HABE ICH EUCH JA GEFUNDEN.
WAS MACHT IHR HIER ÜBERHAUPT?
WIR HABEN DEN SMARAGD GEFUNDEN!
SIE LAGEN MIT IHREM VERDACHT GOLDRICHTIG. DER SMARAGD WAR IN EINER DER MONSTER-PUPPEN VERSTECKT.
ES GAB JEDOCH NICHT NUR VIER DAVON, SONDERN FÜNF!

SEID IHR VERRÜCKT GEWORDEN, DEN EINFACH SO DURCH DIE GEGEND ZU TRAGEN?
ICH WERDE SOFORT DIE KOLLEGEN INFORMIEREN UND DEN STEIN SICHER VERWAHREN.
IN DEN KOMMENDEN TAGEN WIRD SICH EIN KOLLEGE MIT FRAGEN BEI EUCH MELDEN.
ICH WERDE BESSER GLEICH MAL ZU HAUSE ANRUFEN.
DAS BRAUCHST DU NICHT, BOB. ICH HABE EURE FAMILIEN BEREITS INFORMIERT, ALS ICH DEN KÄFER GEFUNDEN HABE. FAHRT AM BESTEN GLEICH NACH HAUSE. MAN ERWARTET EUCH SCHON.
OJE, DAS KANN ICH MIR GUT VORSTELLEN ...
EIN WEITERER FALL, DEN IHR GELÖST HABT. WENN IHR SO WEITER MACHT, KANN ICH BALD IN FRÜHRENTE GEHEN.
ODER EINFACH MAL ZUHAUSE BLEIBEN, WENN SIE EINE GRIPPE HABEN.
ABSOLUT KORREKT, JUSTUS! ABER JEMAND MUSS JA EIN WACHSAMES AUGE AUF EUCH HABEN.
AHAHAHA... HIHI... HO!
ICH MUSS - HUST! - NACH HAUSE. UND IHR SOLLTET DASSELBE TUN, JUNGS.
DAS WERDEN WIR, INSPEKTOR.
GUTE BESSERUNG!

SCREAM
SCREAM
SCREAM
TROTZ ALLEM HABEN WIR ABER DIE VERPFLICHTUNG, UNSEREN AUFTRAGGEBER ÜBER DIE JÜNGSTEN EREIGNISSE ZU INFORMIEREN.
ETWA JETZT?
DIE VILLA VON MR KUSHING LIEGT QUASI DIREKT AUF DEM WEG ZURÜCK NACH ROCKY BEACH.
HAST DU DENN NICHT GEHÖRT, WAS INSPEKTOR COTTA GESAGT HAT?
DOCH, HABE ICH. UND EIN KURZER ABSTECHER BEI MR KUSHING WIRD JETZT AUCH KEINEN UNTERSCHIED MEHR MACHEN.
ICH BEFÜRCHTE, WIR WERDEN DIE NÄCHSTEN TAGE OHNEHIN SEHR VIEL ZU HAUSE SEIN.
WAS ICH NUR NICHT VERSTEHE, ERSTER ...
09:52
WARUM HAT MICH MEINE MUTTER NICHT EINFACH AUF DEM HANDY ANGERUFEN, WENN SIE SICH SORGEN GEMACHT HAT?

BEIM LETZTEN MAL STAND DAS TOR NICHT OFFEN …
NICHTS …
VIELLEICHT SCHLÄFT MR KUSHING NOCH?
MIR GEFÄLLT DAS NICHT …
ACH, IHR SEID'S …
ENTSCHULDIGEN SIE BITTE DIE STÖRUNG, MR KUSHING. ICH HOFFE, WIR HABEN SIE NICHT GEWECKT.
ICH SCHLAFE OHNEHIN KAUM NOCH … SEIT DIESER …
SEIT DIESER SACHE …
WIR HABEN GUTE NEUIGKEITEN, SIR!
ICH, ÄH … HABE LEIDER NUR KURZ ZEIT FÜR EUCH. ABER KOMMT DOCH BITTE REIN!

IHR HABT DEN SMARAGD ALSO WIRKLICH GEFUNDEN? GROSSARTIG! WO IST ER JETZT? HABT IHR DEN SMARAGD BEI EUCH?
KEINE SORGE, SIR. WIR HABEN IHN BEREITS DER POLIZEI ÜBERGEBEN!
DAS IST DIE BESTE NACHRICHT DES TAGES!
DOCH LEIDER IST ES UNS NICHT GELUNGEN, DEN TÄTER ZU ERMITTELN.
DAS WIRD SICH NOCH ALLES HERAUSSTELLEN. IHR HABT DEN SMARAGD GEFUNDEN UND DER POLIZEI ÜBERGEBEN.
DAS IST DAS WICHTIGSTE, DAMIT IST MEINE UNSCHULD BEWIESEN. JETZT WIRD ALLES GUT.
WIE VIEL GELD BIN ICH EUCH SCHULDIG, JUNGS?
WIR NEHMEN KEIN HONORAR, SIR.
AUSSERDEM IST DER FALL NOCH NICHT ABGESCHLOSSEN.
KORREKT, JUSTUS. NUN MÖCHTE ICH NICHT UNHÖFLICH SEIN, ÄHM ... ABER ICH HABE NOCH SO VIELES ZU TUN ...
FINDET IHR ALLEINE RAUS?
MACHEN SIE SICH KEINE UMSTÄNDE, SIR.
DANKE! DANKE FÜR ALLES!

DAS WAR JA TATSÄCHLICH EIN RECHT KURZER BESUCH ...
ICH HATTE DAS GEFÜHL, DASS MR KUSHING ETWAS NERVÖS WAR.
KEIN WUNDER. WIR HABEN DEN SMARAGD GEFUNDEN UND DAMIT GRADE SEINE UNSCHULD BEWIESEN.
NEIN, BOB, SO ALS HÄTTE ER VOR ETWAS ANGST ODER WÜRDE BEDROHT WERDEN.
WILLST DU FAHREN, PETER?
KLAR.
ICH HABE NOCH IMMER ZIEMLICHE KOPF-SCHMERZEN. DIESE BLÖDE BEULE.
KOMM SCHON, JUSTUS! STEH DA NICHT RUM WIE EIN ÖLGÖTZE!

WIR MÜSSEN JETZT WIRKLICH ZURÜCK NACH ROCKY BEACH, JUST...
IRGENDWAS AN DIESEM BILD STIMMT NICHT.
WAS MEINST DU?
ABER DAS... ABER WIE...?
WAS STIMMT MIT EUCH BEIDEN NICHT?
REIFENSPUREN VON EINEM AUTO?
DIE HINTER DIE VILLA FÜHREN.
VIELLEICHT HAT MR KUSHING BESUCH?
UND WARUM HAT ER DAS UNS GEGENÜBER NICHT ERWÄHNT? KOMMT, KOLLEGEN!

DER SCHWARZE VAN!
DESWEGEN WAR MR KUSHING SO NERVÖS! WAHRSCHEINLICH BEFINDET ER SICH IN GEFAHR!
WIR DÜRFEN KEINE ZEIT VERLIEREN!
IHR HOLT MR KUSHING AUS DER VILLA RAUS!
ICH VERSTÄNDIGE DIE POLIZEI UND SEHE MIR DEN VAN MAL AUS DER NÄHE AN.
UND WAS MACHST DU INZWISCHEN?
HIER! DAS WIRST DU BRAUCHEN.
LOS JETZT!

WAS SAGEN WIR?
ICH DACHTE, DU HÄTTEST EINEN PLAN.
LEIDER NEIN.
WARUM HAST DU DANN SCHON GEKLINGELT?
IHR? WAS IST DENN NOCH? ES IST –
ENTSCHULDIGEN SIE DIE STÖRUNG, SIR, ABER SIE MÜSSEN SOFORT MIT UNS KOMMEN.
MITKOMMEN? WARUM DENN? WAS IST HIER LOS?
SIE SIND IN GEFAHR! JEMAND IST IN IHREM HAUS!
HIER? NEIN, ICH BIN ALLEIN. WER SOLLTE DENN HIER SEIN?
WIR HABEN LEIDER KEINE ZEIT FÜR LANGE ERKLÄRUNGEN.
DER SCHWARZE VAN! ER STEHT AUF IHREM GRUNDSTÜCK!
WER?

BITTE VERTRAUEN SIE UNS. SIE SCHWEBEN IN GROSSER GEFAHR!
ALSO GUT. ICH KENNE EINEN SICHEREN ORT – KOMMT MIT!
UND DANN WÜNSCHE ICH EINE ERKLÄRUNG!

GLEICH IST ES GESCHAFFT, JUNGS.
WARTEN SIE! ICH HELFE IHNEN.
DAS REICHT SCHON. SCHNELL, HINEIN! HIER SIND WIR SICHER.
GIBT ES HIER IRGENDWO EINEN LICHTSCHALTER?
JA, AN DER RECHTEN WAND.
PUH, WIE KOMMEN SIE DENN NORMALERWEISE ALLEINE HIER RUNTER?
WO UNGEFÄHR?
NOCH EIN STÜCKCHEN WEITER.
ICH HABE IHN!

DAS IST DOCH ...
... MR KUSHING!
UND MR KUSHING!
ZWILLINGE?
OH NEIN!

IHR HÄTTET NACH HAUSE FAHREN SOLLEN ... GENAU SO, WIE ICH ES EUCH GESAGT HABE.
WER SIND SIE?
NEIN! WARTEN SIE!
ROGER KIND!
KORREKT!
IHR WOLLTET JA NICHT AUF MICH HÖREN.
BOB, WAS MACHEN WIR JETZT?
ICH WEISS ES NICHT.
WIR MÜSSEN JUSTUS WARNEN!
ABER WIE? JUSTUS HAT MEIN HANDY.

STEHEN BLEIBEN! POLIZEI!
GEBEN SIE AUF, ROGER! DAS GESAMTE GELÄNDE IST UMSTELLT.
ES IST VORBEI.
ICH HÄTTE ES GESCHAFFT ...
WENN NUR NICHT ...
... DIESE NEUGIERIGEN BENGEL GEWESEN WÄREN!
OHNE DIESE NEUGIERIGEN BENGEL HÄTTEN SIE DEN SMARAGD ÜBERHAUPT NICHT ERST BEKOMMEN.
DER SMARAGD DES DREIÄUGIGEN TOTENKOPFS ...
WO SIND DIE JUNGEN JETZT?

IM KELLER ... ICH HABE IHNEN KEIN HAAR GEKRÜMMT, INSPEKTOR.
DAS HOFFE ICH FÜR SIE, MR KIND.
HATSCHI!
DA KOMMT JA AUCH ENDLICH DIE VERSTÄRKUNG!
INSPEKTOR COTTA!
GUT, DASS SIE DA SIND!
HALLO, JUNGS!
HATSCHI!
UND SIE SIND DANN MR KUSHING, NEHME ICH AN. DER ECHTE MR KUSHING?
DAS IST RICHTIG.
DIESE BEIDEN JUNGEN HERREN WAREN BEREITS SO FREUNDLICH, MICH VON MEINEN FESSELN ZU BEFREIEN.

WIE LANGE HAT ROGER KIND SIE HIER UNTEN GEFANGEN GEHALTEN?
DIE BEIDEN HABEN MICH LOSGEBUNDEN.
MR KUSHING HAT MANCHMAL PROBLEME, SICH AN DINGE ZU ERINNERN.
JAJA, DAS STIMMT.
ICH VERGESSE SEHR VIEL SEIT DEM ...
... DEM UNFALL.
INSPEKTOR, WO IST JUSTUS? HABEN SIE IHN GESEHEN?
DEIN FREUND JUSTUS IST NÄHER, ALS DU DENKST, PETER.
HATSCHI!
GESUNDHEIT!

DAS GIBT'S DOCH GAR NICHT!
JUSTUS!
BÄH! IN DIESER MASKE SIND ÜBERALL KATZENHAARE DRIN! VON GERALD, ROGERS KATER!
-SCHNIEF-
WAS GEHT HIER VOR?
SEIEN SIE UNBESORGT, MR KUSHING. DIE ECHTE POLIZEI IST EBENFALLS DA UND KÜMMERT SICH BEREITS UM MR KIND.
DEN DU MIT SEINEN EIGENEN WAFFEN GESCHLAGEN HAST, JUST!
SO KANN MAN ES AUSDRÜCKEN.
HATSCHI!
HAHA HA HA HA!
HAHA HIHIHI!
HO HO!
ÄHÄHÄ …

DER MASKENBILDNER ROGER KIND HAT MITTLERWEILE EIN UMFASSENDES GESTÄNDNIS ABGELEGT. NEBEN DEM ÜBERFALL AUF DEN ECHTEN MR KUSHING HAT ER AUSSERDEM DEN EINBRUCH IN MS SHEPARDS APARTMENT UND IN EURE ZENTRALE ZUGEGEBEN.
DEN ERSTEN EINBRUCH HATTE ER BEGANGEN, UM AN DIE SPRECHPUPPE VON MELANIE SHEPARD ZU GELANGEN, DEN ZWEITEN, UM UNS DAMIT ZU ÜBERRASCHEN.
VICTOR EUGENE
DINER
RB PP
DAS IST IHM GELUNGEN ...
ABER DAS VERSTEHE ICH NOCH NICHT. WARUM HAT ROGER DIE PUPPE ÜBERHAUPT IN UNSERER ZENTRALE VERSTECKT?
AUS DEMSELBEN GRUND, AUS DEM ER SICH EIN TATTOO AUF DEN UNTERARM GESCHMINKT UND EINEN DREIÄUGIGEN TOTENKOPF AUF DEN SPIEGEL VON MELANIES GARDEROBE GEMALT HAT.

UND AUCH AUS DEMSELBEN GRUND, AUS DEM ER VERKLEIDET ALS INSPEKTOR COTTA UNS MIT HINWEISEN VERSORGT HAT.
WAS WIEDERUM ÜBERHAUPT ERST MÖGLICH WAR, WEIL ICH ENTSPANNT AM STRAND VON BARBADOS LAG.
ROGER WOLLTE SICHERGEHEN, DASS UNSER INTERESSE AN DEM FALL NICHT ABFLAUT UND WIR ALLE HINWEISE ERHALTEN, DIE ZUR LÖSUNG DES FALLS NÖTIG WAREN.
ABER DIESE PUPPE HAT UNS DOCH GEDROHT, DASS WIR ALLE STERBEN WÜRDEN, WENN WIR WEITER NACH DEM SMARAGD SUCHEN.
UND WAS MACHEN DIE DREI ??? FÜR GEWÖHNLICH, WENN SIE EINE DERARTIGE DROHUNG ERHALTEN?
SIE ERMITTELN WEITER ...
ABER WIESO KANN SICH DER ECHTE JAMES KUSHING AN NICHTS MEHR ERINNERN?
NA JA, SO WIE ES AUSSIEHT ...
... HABEN MASKENBILDNER ROGER KIND UND REGISSEUR JAMES KUSHING SEINERZEIT BEIM DIEBSTAHL DES SMARAGDS GEMEINSAME SACHE GEMACHT.

KUSHING HATTE DEN PLAN UND KIND HATTE DIE TECHNISCHEN FÄHIG-KEITEN, UM EINE ZUSÄTZLICHE MONSTER-PUPPE ANZUFERTIGEN.
IM ANSCHLUSS DARAN KAM ES JEDOCH ZUM STREIT.
ROGER KIND VERLOR RECHT SCHNELL DIE NERVEN UND WOLLTE SICH NACH SÜDAMERIKA ABSETZEN.
DAFÜR MUSSTE JEDOCH ERST EINMAL DER SMARAGD VERKAUFT WERDEN — EINE IDEE, DIE MR KUSHING SO ÜBERHAUPT NICHT GEFIEL, WEIL ER GRAS ÜBER DIE SACHE WACHSEN LASSEN WOLLTE.
MR KIND WUSSTE NICHT, WO DER STEIN VERSTECKT WAR, UND MR KUSHING WAR NICHT BEREIT, ES IHM ZU VERRATEN.
DIE DISKUSSION WURDE ERST HITZIGER ...
BIS SIE SCHLIESSLICH ESKALIERTE ...

DAS WAR DER UNFALL, BEI DEM MR KUSHING SEIN GEDÄCHTNIS VERLOREN HAT?
JA, UND DAMIT AUCH DAS WISSEN DARÜBER, WO DER SMARAGD VERSTECKT WAR.
DOCH NICHT NUR DAS.
AUCH KÖRPERLICH GING ES MIT MR KUSHING BERGAB. DER SKANDAL HATTE SEINE KARRIERE BEENDET.
IRGENDWANN HATTE ER NICHT EINMAL MEHR DIE KRAFT AUFZUSTEHEN.
ROGER KIND HINGEGEN GAB DIE SUCHE NACH DEM SMARAGD NIE AUF. ALS DAS FILMSTUDIO ANKÜNDIGTE, DEN ZWEITEN TEIL MIT DEN ORIGINALREQUISITEN JETZT DOCH NOCH ZU ENDE DREHEN ZU WOLLEN, MUSSTE MR KIND BEFÜRCHTEN, DASS JEMAND ANDERES DIE FÜNFTE MONSTER-PUPPE FINDEN KONNTE.
ALSO ENTSCHLOSS ER SICH, DIE DREI ??? ZU ENGAGIEREN.
DIE IHREN JOB GRÜNDLICHER GEMACHT HABEN, ALS ES IHREM AUFTRAGGEBER LIEB WAR.

ABER EIGENTLICH HÄTTE ER SICH DENKEN KÖNNEN, DASS IHR EUCH NICHT MIT DER HÄLFTE EINES GEHEIMNISSES ZUFRIEDENGEBT.
KORREKT!
ACH JA, UND ZUM ABSCHLUSS HABE ICH SOGAR NOCH EINE KLEINE ÜBERRASCHUNG FÜR EUCH, JUNGS.
WAS DENN FÜR EINE ÜBERRASCHUNG?
NUN JA, EIN KLEINES DANKESCHÖN VON MELANIE SHEPARD, DASS IHR DIESEN FALL NACH ALL DEN JAHREN GELÖST HABT.
WAS IST DAS?

OH NEIN!
LOS, NICHT SO SCHÜCHTERN. ZIEHT SIE MAL AUF!
HAHA! EINFACH GROSSARTIG!
DAS SIND MEINE "CRANKIES"!
JETZT HABEN SIE ES DOCH GESCHAFFT...

> Das Making-of

Liebe Leser!

Somit verlassen wir den wenig glitzernden Teil von Hollywoods Filmwelt, wo Sabotage und Erpressung ihr Schattendasein fristen.
So wie es beim Film häufig ein „Making-of" gibt – also einen kurzen Bericht darüber, wie Krimi, Western oder Liebeskomödie gedreht und produziert wurden –, sollt ihr ab hier erfahren, wie unsere Hauptfiguren entstanden sind.
Es ist ein Blick hinter die Kulissen, wo Kostüme noch umgenäht, Requisiten umgebaut und neu arrangiert werden können, bevor der Regisseur „Und ... Action!" ruft. Vielleicht sitzt die Frisur noch nicht ganz, das Make-up ist nicht perfekt, aber die Figur ist schon eindeutig erkennbar.

Damit wird der Beginn des Ganzen nun zu einem kleinen Abschiedsgruß.

Schön, dass ihr dabei wart!
Oder, um im Bild zu bleiben:
„Und ... danke! Der Film ist im Kasten."

> Der Regisseur

> Die Detektive

> Die Hauptdarstellerin

> Das Monster

THE CRANKIES
THE CRANKIES
VOLL DIE SCHRAUBE LOCKER!
CCC
die 3 Crankies

Illustration: Christopher Tauber
Lettering: Asja Wiegand
Logogestaltung: Christopher Tauber, auf der Grundlage der Gestaltung von Aiga Rasch (9. Juli 1941 - 24. Dezember 2009)

Unser gesamtes lieferbares Programm und viele weitere Informationen zu unseren Büchern, Spielen, Experimentierkästen, DVDs, Autoren und Aktivitäten findest du unter **kosmos.de**

FSC
www.fsc.org
MIX
Papier aus verantwortungsvollen Quellen
FSC® C084279

Gedruckt auf chlorfrei gebleichtem Papier

Based on characters by Robert Arthur.

ISBN: 978-3-440-14123-6
Lektorat: Anja Herre
Produktion: Verena Schmynec
Printed in Slovakia / Imprimé en Slovaquie